처음엔 삐딱하게

창비
청소년
시선
02

처음엔
삐딱하게

김남극 김성장 남호섭 박성우 배수연
이삼남 이정록 이혜미 조향미 하재일 지음

창비

차
례

김 남 극

아버지도 그랬을 것이다

●

　보충수업 시간에 시조를 가르치다가 '따비'라는 말을 만났다 따비를 나는 홀치기라고 부른다 사람이 소가 되어 밭을 홀치는 이 작은 쟁기를 나는 초등학교 5학년쯤부터 끌었다 내가 소가 된 기분이었다 두 골도 홀치기 전에 입에서 단내가 났다

　고등학교 3학년 무렵이었을 것이다 그날도 아버지와 옥수수밭을 홀치고 있었다 흙 속에 숨어 있던 돌에 홀치기 보습이 턱턱 걸릴 때마다 허리가 시큰거렸다 아버지를 돌아보니 아무렇지도 않은 듯 보습을 대고는 나를 재촉했다 나는 입에서 단내가 나기 시작하는데 아버지는 그저 설렁설렁 따라오면서 노는 것 같았다

　"아버지, 바꾸지요. 제가 대 볼게요."
　"그래라."

　아버지는 설렁설렁 놀듯 홀치기를 끌었다 나는 입에서 단내가 나도록 보습을 밀었다 그래도 작은 산골 옥수수밭

한 골은 끝이 보이지 않았다

"아버지, 제가 끌게요."
"그러자."

슬쩍 웃으시면서 다시 자부지를 잡던 아버지가 떠나신
지 십 년이 넘었다

여름이면 옥수수밭을 훑친다 동생이 끌고 내가 자부지
를 댄다 여전히 입에서 단내가 난다 그래도 견뎌야 한다

그때 아버지도 그랬을 것이다

* 자부지: 쟁기, 따비 등의 손잡이.

김남극 11

노모(老母)

●

칠순을 넘기신 어머니는 귀가 어둡다
주름만 창궐한 손으로 밥을 안치신다

아무것이나 막 주워 넣어도 맛있는 된장찌개를 먹고는
곱던 어머니의 살결을 생각하면서 소주를 홀짝인다

자다가 깨어 숨소리 거친 어머니를 건너다본다
작아질 대로 작아져
이젠 이불이 너무 크다

장애인 복지카드를 꺼내 들여다본다
조금 젊은 어머니가 거기 계신다

늦은 소원

●

봄이 되면 밭가에 사과나무를 두 주 심었으면 좋겠구나

그러세요, 제가 산림조합 나무 시장서 조생종으로 사다
드릴게요

그만두자, 옆 밭에 그늘지면 농사 안 된다

아니요 그냥 심으세요, 농사가 안 되면 얼마나 안 될라고

그만두자, 내가 그 사과를 먹을 날까지 살겠냐

아니요, 요즘 사과나무는 심으면 이태부터 달려요

그냥 심으세요

녹내장 수술을 한 어머니 눈에 불빛이 잠깐 어린다

눈 오시는 밤

●

눈 내리는 밤
마가리에 앉아
댓돌 보다가
그 위에 쌓인 눈

결이 고운 꿈
혹은 가지런한 숨결
쌓이고 쌓고 쌓이는
그 간극 속

손 넣어 보고
발 디뎌 보고
들어와 창밖
머뭇거리는 희뿌연

미련
미련이 서늘하게
목덜미에

닿다

말벌이 집 짓듯

●

말벌이 처마 밑에 집을 지었다

근면의 성과가 둥글다

좋겠다, 저 속에서
곤궁한 시절을 피해 가는
평화가 평화롭게만
둥글게 둥글게 둘러앉은
식솔들

식솔들은 애벌레로 환생할 것이다

꿀벌을 때려눕힌 아버지
아버지가 지은 집

그렇게 나도 집을 짓고
식구들은 봄이 올 때까지 둘러앉아
밥을 먹는다

김남극

　시는 어떤 비애의 단면을 보여 주는 양식이라는 생각이 요즘 머릿속을 떠나지 않습니다. 상실과 불편의 다른 이름이기도 한 이 시의 비애는 지극히 개인적인 듯하지만 시대의 면모를 담고 있습니다. 그래서 그 비애는 사회적인 것이 되고 우리의 것이 됩니다. 시를 쓰고 읽는 일은 그래서 나를 포함한 우리의 비애를 이해하고 삭이는 일입니다. 지나간 세대와 화해하는 일이고 다가오는 세대와 포옹하는 일입니다. 그래서 우리는 시를 쓰고 시를 읽어야 합니다.

　1968년 강원도 봉평 출생.
　강원대학교 국어교육과 졸업.
　2003년 『유심』 신인문학상에 시 「첫사랑은 곤드레 같은 것이어서」 등이 당선되어 등단.
　시집 『하룻밤 돌배나무 아래서 잤다』를 펴냄.
　강릉제일고등학교 교사로 재직 중.

김성장

플라스틱 호수

●

옥천중학교 본관과 후관을 연결하는 푸른 플라스틱 지
붕 위에서 짝짓기 중인 잠자리 한 쌍
물결이 없는 호수 위로 산란 자리를 보는 중
암컷이 꼬리를 물에 담갔다 빼고
딱
딱
딱
사랑하면 딱딱한 호수도 산란처가 되는 것일까
플라스틱이 물결이 될 때까지 두드리는 것
내가 하느님이라고 우기면서 계속 알을 낳는 것
여름이 끝나 가는 8월 말의 학교
잠자리의 알을 받을 수 없는 호수 아래로 우르르르 콰르
르르 아이들 몰려다닌다
종소리와 함께 플라스틱 지나 시멘트 교실로 달려가는
아이들
푸르다고 모두 호수가 아니듯
푸르다고 모두 절망도 아닌 시간
사랑은 멍청하게 무모하게 천지를 뒤엎으며 가는 것

부화가 끝나면
잠자리 떼가 우르르르 콰르르르 학교로 몰려올 것이다

물어뜯는

●

아이가 손톱을 물어뜯는다 먹이를 찾았다는 듯 완강
하게 손톱을 이빨 안쪽으로 밀어 넣어 조금씩 조금씩 손
톱을 없애 가는 것이다 입 둘레의 근육을 불러 모으고 혀
에 물결을 얹어 촉촉하게 불려 가면서 조금씩 조금씩 톱
의 변방을 긁어 나간다 한때는 발톱이었을 손톱, 초원을
떠돌며 껍질을 까고 적을 할퀴느라 안쪽으로 피가 흘렀
을 손의 톱, 한때는 털 사이의 이를 잡느라 피가 흘렀을 톱
의 손, 잡아 보면 아이의 체온이 너무 부드럽다는 게 아련
한데 눈보라가 손가락을 빠져나와 목을 할퀴고 간다 어떤
날카로운 허기가 아이의 이빨과 손톱 사이를 비집고 들어
와 거기 웅크리고 있는 걸까 어떤 톱에 할퀸 상처가 그의
이빨에 몰려와 저 질긴 톱질을 하는 걸까 그렇게 물어뜯
으면 손톱 밑에 쌓인 통증까지 떨어져 나갈 것처럼 쉬지
않고, 차라리 쉬지 않고 자라는 손톱이 고마운 날들

맹렬하던 아이의 눈이 잠시 선해지는 걸 보니 마지막 자
투리가 떨어져 나온 모양이다
어!

22

톱이 더 깊은 곳으로 사라진 걸까 다시 시작되는 칼질

입술에 힘줄이 몰려든다

손톱을 몸속 어느 방에 밀어 넣은 걸까 방에 누가 자라
고 있는 걸까

다섯 손가락 손톱에 초승달만 남은 아이도 있다

손톱을 물어뜯지 않고 버티는 이빨들이 있다

할머니

●

절에 다니는 할머니
손주를 아끼는 맘 지극하여
귀애했더니 손주도 잘 따르더라
손주 녀석 잘되라고 손주가 아플 때부터 절에 다녔는데
손주 자라 할머니 품에서 하는 말
내가 나중에 크면 할머니하고 살 거야
그래그래 우리 손주 착하지
그런데 할머니, 나 교회에 다닌다
할머니도 교회에 다녀

그날 저녁 손주 이부자리 펼치며 할머니 내뿜는 말씀
내가 절에 댕기구
우리 손주가 교회에 댕기면
서로 안 맞아서 손주한테 무슨 일이 생길지 모르는디
그럼 내가 교회를 댕겨야지
우리 손주 위해서

부처님도 하느님도

다 할머니 품에 있다

흐르는 강물처럼

●

1
당신은 모든 것을 나에게 주고
나의 아무것도 달라거나 가져가지 않는데
당신은 당신이 가진 것을 항상 나에게 주는데

나는 늘 당신이 가진 것을 탐내고
내가 가진 아무것도 주지 않는데
나는 늘 당신의 것을 가슴 가득 받기만 하는데

당신은 지금 모든 걸 가진 듯 가득하고
나는 또다시 텅 빈 목마름뿐이다.

2
당신이 몸져누워 있을 때
누워 나를 바라보았을 때
나는 당신을 외면하였다
나는 옆에서 당신의 이마를 쓰다듬지 않고
먼 밖으로 나가 노래하며 춤추었다

내가 몸져누웠을 때
내가 당신의 이름을 애태워 부르기도 전에
당신은 나의 아픈 논둑 사이로 흘러와
맑은 물소리를 내며 기다렸다
내가 다시 일어설 때까지
내가 다시 노래할 때까지

내 속에 당신의 모습은 없고
먼지 묻은 이기심과 때 낀 불신뿐인데
당신 속에 내가 가득히 차 있다
내 무릎과 이마와 뒷모습을
당신은 항상 당신 속에 넣어 두고 있다.

3
내가 당신을 떠나 있는 동안
당신은 나의 빈자리에 벼를 심고
물과 바람을 모아 나를 키웠다

내 보기에 하찮은 흙 한 줌이
당신의 손에선 생명이 되고
그저 그렇게 지나가던 바람 한 자락도
당신의 어깨에선 잠시 머무르고
잠시 머물러 마음이 되고 눈물이 되고.

4
내가 당신께 돌아와 용서를 구할 때
용서한다는 말 대신 웃음을 보이며
당신은 다시 들판으로 간다

우리들 생명의 바다인 저기
우리를 낳고 우리를 키워
다시 우리가 찾아가는 저 빈 들판으로
당신은 간다
당신은 걸어간다
뿌리면 뿌린 대로 주고

뿌리지 않은 넉넉함까지 주는
저 들판으로
아침이 오는 우리들의 마을로.

색

●

5교시 수업 예비 종이 울리는 시간
영선이 책상 위에 동백꽃 시들어 간다
그 꽃 가슴에 품어 가져온
중학교 2학년 여학생의 가슴은
지금
열여섯 겹꽃으로 피어나며
붉게 타오를 텐데
동백꽃
책상 모서리에 누워
색을 지우고 있다
후회처럼 짙은 불꽃도 끄고
부풀어 오르던 겹겹의 마음도 한 장씩 닫고
저를 데려온 손길의 뜨거움도
천천히 식혀 가면서
동백,

꽃을 버리고 있다

김성장

학교는 한 사회가 다음 세대를 길러 내는 공간이다. 그 공간이 행복하고 재미있는 곳이기를 꿈꾸며 좌충우돌, 다양한 실험을 시도했으나 역량에 비해 이상이 과했다는 후회가 든다. 나는 지난 가을 학교를 떠났다. 따뜻하고 푸근한 아이들과 헤어진 이후 때때로 금단의 아픔을 겪고 있다. 그러나 또 다른 방식으로 아이들을 만나기 위해 조금 일찍 학교를 떠나왔다고 생각하며 스스로를 위로하고 있다. 글쓰기와 붓글씨 작업이 함께하는 곳 그 어디쯤이 내가 세상과 만나는 새로운 공간이 될 것이다. 그때는 이상과 현실의 괴리로 괴로워하지 않는 원만한 품성을 가진 나 자신이 되어 있었으면 좋겠다.

1959년 충청북도 청주 출생.
원광대학교 대학원 서예문화학과 졸업.
1988년 『분단시대』 4호에 시 「겨울을 건너는 강」 등을 발표하며 등단.
시집 『서로 다른 두 자리』, 시 해설서 『선생님과 함께 읽는 정지용』, 수업 연구서 『모둠토의수업 방법 10가지』 등을 펴냄.
옥천여자중학교 등에서 교사로 일했음.

남
호
섭

윤이상의 요강

●

세계에서 가장 유명세를 탄 변기는
마르셀 뒤샹(1887~1968)의 변기일 것이다
그는 남성용 소변기에다 '샘'이란 제목을 붙임으로
현대 미술을 그 이전과 이후로 갈랐다
1917년의 일이다

그해 윤이상이 태어났다
서양 음악에 우리 사상과 우리 소리를 결합해
이전에 없던 음악을 작곡하자
콧대 높은 베토벤과 모차르트의 후예들이
그를 현대 음악의 5대 거장으로 꼽았다

통영에는 윤이상을 기념하는 공원이 만들어졌고
    (윤이상이란 이름을 쓸 수 없어 공식 명칭은 '도천테마
공원'인데 공원 안 건물 이층에 유품도 전시하고 있다
    찾아가기 어려우니 멀리서도 잘 보이는 '테마 24시 사
우나'를 이정표 삼으면 된다)

유품 중에는 어린 윤이상이 쓰던
조그만 놋쇠 요강도 전시돼 있다
동글동글 온음표를 닮은 듯
달항아리를 닮은 듯
조명을 받아 어여쁘기도 하다

고 앙증맞은 요강 뚜껑을 열고
쫄쫄쫄, 볼일을 보던 꼬마는
그러나 영영 집에 돌아오지 못했다

* 윤이상(1917~1995): 경남 통영에서 태어나 독일에서 활동한 세계적
  인 작곡가. 끝내 고향에 돌아오지 못한 망명객.

어머니 고민

●

내가 어떻게 얼렁뚱땅
그 학기 중간고사에서 일 등을 해 버리자
배구 선수 출신 체육 교사인
우리 담임 선생님 왈
"이렇게 공부 잘하는 줄 몰랐네."

그 말은
'네가 우리 반이었냐?'처럼
내 귀에 들렸고, 이렇게 이어졌다
"학교에 어머니 한번 나오셔야지."

나중 들은 얘긴데
그다음 날 어머니는 집에서부터 학교 다 와 갈 때까지
담배를 한 보루 살까, 반 보루 살까
고민이 깊으셨더란다

결국 가게 주인이 한 보루에서 반을 뚝 잘라
까만 비닐봉지에 넣어 주는 것을 들고

교무실인지 체육실인지 담임 선생님을 만났는데,
별 얘기도 없이 수업 시간이라고
큰 키를 건들거리면서 운동장으로 사라지더라고 했다

어느 교장 선생 훈화 말씀

●

축구 선수 가운데 아시아 역대 최고라는
차범근이 인터넷 포털에 글을 연재하는데
이런 구절이 있더라
"그 시절은 나 같은 축구 선수들 책꽂이에도
시집 몇 권씩은 꽂혀 있었다.
그것은 일종의 문화가 아니었나 하는 생각이 든다."

노벨 문학상을 받은 알베르 카뮈는
폐결핵 때문에 프로 선수의 꿈을 접은 불운한 유망주
였다
그래도 축구에 대한 사랑은 식지 않아서
"다시 기회가 와서 축구와 문학 중 선택한다면?"
친구가 물었더니 이렇게 답했다고 한다
"당연히 축구지, 그걸 질문이라고 하고 있나."

시인 윤동주도 학창 시절
학교를 대표하는 축구 선수였다
패스 잘하는 빼어난 미드필더 동주는

홀로 밤이 되면 이렇게 다짐을 하곤 했단다
'별을 노래하는 마음으로/모든 죽어 가는 것을 사랑해
야지/그리고 나한테 주어진 길을/걸어가야겠다'

그러니까 얘들아,
날마다 축구하는 거는 좋은데
이따금 시도 좀 읽어라

라과디아

●

1930년 뉴욕, 라과디아 판사의 판결이 시작되었다. 피고는 빵집에서 빵을 훔친 할머니. "아무리 딱한 사정이라도 예외는 있을 수 없습니다. 남의 물건 훔친 일은 명백한 범죄이므로 벌금 10달러를 선고합니다."

사흘 굶은 손주들 먹이려고 빵 한 조각 훔친 할머니의 사연을 알고 있던 방청객들이 술렁였다. 벌금을 갚지 못할 게 뻔하고, 그렇게 되면 감옥살이를 해야 하는 상황. 라과디아 판사는 잠시 숨을 고르더니 판결을 이어 갔다.

"그러나, 잘못을 저 할머니에게만 책임 지울 수는 없습니다. 굶고 있는 사람들을 놔두고 좋은 음식을 너무 많이 먹어 온 본 판사에게도 벌금 10달러를 선고합니다." 또 한번 방청석이 술렁였다.

"아울러, 이웃이 이렇게 될 동안 도와주지 못한 여기 계신 뉴욕 시민들께도 각각 벌금 50센트씩을 선고합니다."

맨 먼저 10달러를 모자에 넣고 라과디아는 방청석으로
그것을 건넸다. 처음엔 어리둥절해하던 할머니 눈에 눈물
이 하염없이 흘렀고, 벌금을 내면서도 방청객들은 싱글벙
글 웃고 있었다.

모두 57달러 50센트. 할머니는 10달러를 벌금으로 내고,
나머지는 손에 꼭 쥔 채 손주들이 기다리는 집으로 돌아
갔다.

안미루

●

안산 단원고 2학년들과 동급생인 우리 학교 학생 안미
루가 내게 휴대전화 문자 메시지를 보냈다 방학을 맞아
식구들과 즐겁게 여행지에서 놀고 있을 때 이 문자를 받
았다 읽기 쉽게 행갈이만 해서 여기 그대로 옮긴다

호섭 쌤,
세월호 100일 추모 집회 갔다가 돌아오는데
전경들한테 길이 막혔어요

어쩌다 제가 가장 앞에 섰는데
다른 사람들은 전경들이 막아선 길을 놔두고
화단으로 돌아서 가고 있었어요

돌아갈 수 있단 걸 알았지만
저는 절대 그러고 싶지 않았어요
제 작은 권리인 인도를 밟으며 지나가고 싶었어요

"집에 갈 거예요. 비켜 주세요."

전경들한테 얘기했지만 팔짱을 긴 채 보내 주지 않았
어요

결국 제 옆에 있던 사람들과 전경들의 몸싸움이 시작됐
어요

저는 막 떠밀렸고 옆에 있던 한 이름 모를 오빠가

부서진 경찰 시설물에 발이 찔릴 뻔하자

40대 중후반 정도로 보이는 경찰 아저씨가

저를 온몸으로 보호하시며 시민들에게 말했어요

"학생이 다칩니다. 제발 조심해 주세요."

제게도 애절하게 말씀하셨어요

"학생아, 그러다 다친다. 저기로 돌아가면 길 나와, 돌아
가."

저는 울음이 터져 나왔어요

그리고 엉엉 울면서 얘기했어요

"저도 돌아갈 수 있는 거 알아요. 근데 못 돌아가겠어요.

비켜 주세요. 저 집에 가야 해요. 이 길로 꼭 가야 해요."

딱 저만 한 아이의 아빠 같은 경찰 아저씨와
저희 오빠 또래인 전경 오빠들은
저를 미안함 섞인 표정으로 바라보았어요

경찰 아저씨가 또 말했어요
"마음은 안다, 학생아. 미안하다. 아저씨가 일해야 해서
그래."
저는 더 크게 울면서 말했어요
"이런 일 안 하시면 되잖아요. 저 여기로 못 가면 안 갈
거예요."

아저씨는 계속 저를 온몸으로 보호하시고
전경 오빠들에게도 학생 다치지 않게 하라고
몇 차례 당부하셨어요

"미안하다 학생아 미안해."

저에게 되풀이 말 하시더니
결국 전경 오빠들에게 나지막하게
"길 터 줘라."
저만 조용히 보내 주시는 거였어요

몇 백 몇 천일지 모르는 사람들 가운데 저만요
잠깐 고민했어요
'여기 길 텄어요!'
소리를 질러 시민들의 길을 확보할까
아니면 조용히 나만 지나갈까

전 조용히 그 길로 집에 돌아왔어요
너무 미안해하시며 절 보호하고
난처한 상황에서도 저만은 조용히 보내 주려 애쓰신
아저씨께 죄송하고 측은한 마음이 들어서였어요

쌤,
제가 어떻게 하는 게 옳았을까요?

간디학교는 제게 이럴 때 어떻게 하라 가르칠까요?

돌아오는 길 마음이 아파 한참을 운
미루 올림

남호섭

세월호 참사를 겪은 단원고 2학년 4반 최성호 군의 부모님과 몇 분 유가족들이 우리 학교에서 간담회를 가진 적이 있습니다. 성호 아버지는 이런 말씀을 하셨습니다.

"아들이 입던 옷 입고, 아들이 신던 양말 신고 다닙니다. 아들 냄새가 나는 것 같아서요. 보고 싶은데……. 한 번 딱 만져 보면 좋겠는데……. 이 병신 같은 아빠는 내 새끼가 왜 죽었는지 모릅니다."

우리 학생들은 말씀을 다 듣고 어떻게 해 드릴 게 없어서 그냥 꼭 안아 드렸습니다. 그분들의 아들딸이 되어 같이 울면서. 그런 인연으로 성호 부모님이 성호가 보던 책을 우리 학교 도서관에 기증해 주셨습니다. 책을 좋아하던 꿈 많은 고등학생 성호의 손때 묻은 책으로 우리는 '최성호 책꽂이'를 도서관에 마련했습니다. 학생들은 이렇게 말했습니다.

"성호가 우리 학교에 전학 온 것 같다."

우리 가슴속에 묻은 단원고 아이들과 다행히 세월호에 타지 않아 살아 있는 아이들에게 어떤 시를 읽혀야 할까요. 우리는 어떤 시를 써야 할까요?

1962년 서울 출생.
중앙대학교 문예창작학과 졸업.
1992년 제1회 황금도깨비상에 동시 「담배 심부름」 등이 당선되며 등단.
동시집 『타임캡슐 속의 필통』, 『놀아요 선생님』, 『벌에 쏘였다』 등을 펴냄.
산청 간디고등학교 재직 중.

박
성
우

가출 전말기

●

아파트 계단에 앉아 생각했다
나는 누구인가 나는 왜 태어났는가
방 불을 끄고 누워서도 생각했다
인생이란 무엇인가 인생은 짧다는데
나는 왜 학교에나 가고 학원에나 가야 하는가

여름 방학 열하루째,
양치질을 하면서 나는 또 생각했다
내 얼굴은 왜 이렇게 생겼는가
나는 왜 뭐 하나 잘하는 게 없는가
엄마 아빠는 왜 툭하면 다투는 걸까
사는 건 원래 그런 걸까
엄마도 야근을 해야 하고
아빠도 야근을 해야 한다던 날,
나는 어떤 의지가 불타올라서 집을 나왔다

나는 누구인가 곧 알 수 있을 것 같았고
집만 아니라면 어디든 좋을 것 같아, 잠시 행복했다

한데 집 나오면 개고생이라는 말, 하나도
틀리지 않았다 하루 버티기도 힘들었다
배는 수시로 고파 왔고 자꾸 졸음이 몰려왔다

겨우 이틀째 버티다가 집 근처로 돌아왔다
들어갈 것인가 말 것인가
맞아 죽을 것인가 굶어 죽을 것인가
깜깜해지도록 아파트를 몇 바퀴나 돌다가
맞아 죽을 각오 하고 집으로 들어갔다

허걱, 엄마 아빠는 내가 가출한 걸 모르고 있었다
잠시 얼떨떨했고 또 잠시 기뻤던가
안도의 한숨을 쉬면서도 오래도록 성질이 뻗쳤다
다시는 가출하지 않기로 나는 마음먹었다

애들도 다 해요

●

넌 틴트가 대체 몇 개니?
— 애들은 더 많아요

BB크림은 뭐고 CC크림은 또 뭐니?
— 애들도 다 해요

파운데이션을 왜 바르니?
— 아, 애들도 다 해요

애가 무슨 블러셔야?
— 아 엄마, 애들도 다 한다니까요

파우치 백 압수!

교복과 나

●

교복은 가방을 메고 학교에 가고 나는 등교하지 않았다

교실로 들어간 교복은 언제나 그랬던 것처럼 책상에 엎
드렸다 수업이 시작되어서야 겨우 일어나 시간표에 맞춰
책을 꺼냈다

교복은 책가방을 메고 학교에 가고 등교하지 않은 나는
하고 싶은 것이 많아 아무것도 하지 않았다 다만, 밀린 잠
을 미친 듯이 잤다

학원에 들렀다가 늦은 밤에야 돌아온 교복이 방문을 열
고 들어와 내게 가방을 툭 던졌다 가방을 받아 든 나는 교
복의 어깨를 툭툭 쳐 주었다

잔소리, 아침밥 먹을 때조차 예외는 없어

●

학교 갈 시간이 남아 밥을 좀 천천히 먹으면
—종일 밥만 먹을 거니, 학교 안 갈 거야?

학교에 늦을 거 같아 밥을 좀 빨리 먹으면
—밥을 먹는 거니 마시는 거니? 천천히 좀 먹어

입맛이 없어 밥을 설렁설렁 먹으면
—너는 밥을 귀로 먹니 코로 먹니?

아침부터 배가 고파 밥을 우걱우걱 먹으면
—에휴, 먹는 건 잘 먹는데…… 쯔쯧

학교 데리고 다녀오겠습니다

●

　지루한 학교에 바퀴를 달아 투어 버스를 만들자 신나게 달리면서 수업을 받고 쉬는 시간엔 창밖으로 손을 흔들어 주자 시험지 따윈 창밖으로 휘휘 휘날려 주자 때로는 일층 이층 삼층 사층 학교를 줄줄이 떼어 줄줄이 사탕처럼 줄줄이 이어 기차를 만들자 칙칙폭폭 학교 기차를 타고 바다에 닿자 신발을 벗어 던지고 바닷가를 달리자 짐칸에 접어 신고 온 운동장을 펴서 기구를 만들어 띄워도 좋겠지? 봄과 가을엔 학교에 제트 엔진을 달아 아프리카로 소풍을 다녀오자 목 짧은 기린을 만나면 숨바꼭질을 잘하겠다고 격려해 주고 사슴을 무서워하는 사자를 만나면 초식도 나쁘지 않다고 등을 토닥여 주자 돌아오는 길에는 아프리카 친구들에게 학교 한 칸 내어 주고 가뿐하게 오자 야 너, 수업 시간에 집중 안 하고 계속 멍 때릴래?

[시작 메모]
박성우

청소년 친구들 얘기를 할 때마다 어른들은 머리를 잘래잘래 혼들며 뒤에 '문제' 자를 붙이고는 한다. 굳이 문제 될 게 없는데도 이성 문제, 가족 문제, 학업 문제, 진로 문제 등등 '문제' 자를 붙여서 정말 문제가 있는 것처럼 만들어 버린다. 사실, 공부 줄 세우기를 고집하는 어른들이 문제이지 청소년 친구들이 문제가 되는 경우는 드물다. 좀 만 얘기이긴 하지만 읽고 즐겨야 할 시까지도 어른들은 시험 문제로 바꿔 놓아 버린다.

1971년 전라북도 정읍 출생
원광대학교 문예창작학과 및 같은 대학원 박사 과정 졸업.
2000년 『중앙일보』 신춘문예에 시 「거미」가 당선되며 등단.
시집 『거미』, 『가뜬한 잠』, 『자두나무 정류장』, 동시집 『불량 꽃게』, 청소년시집 『난 빨강』 등을 펴냄.
우석대학교 문예창작학과 교수를 지냄.

나의 프랑스식 엄마

●

　프랑스에서 엄마를 입양했습니다 사실 우리 남매는 원장 수녀님이 지켜왔거든요 날씬한 엄마는 검은색 민소매에 붉은 립스틱을 바르고 공항에 나타났어요 엄마는 우리를 몰랐지만 우리는 그녀를 한눈에 알아봤죠 입양 기관에 가서 수천 장의 프로필을 살폈지만, 핸드백엔 늘 작은 물병을 넣어 다니고 시사 토론을 좋아하며 밥을 2시간씩 먹어도 살이 찌지 않는 프랑스식 엄마는 한 사람뿐이었으니까요 우리는 엄마를 따뜻하게 안아 주었습니다 엄마의 남자 친구는 파리 피아노 공방의 젊고 유능한 수리공이었어요 그는 엄마를 축하하기 위해 스타인웨이 피아노를 선물했어요 그건 악보대 옆에 양초 받침이 달린 19세기 업라이트 피아노였습니다 창피하지만 우리는 피아노를 처음 보았어요 그렇지만 이제 내일부터 엄마에게 쇼팽의 에튀드를 배울지도 모르지요 오빠는 나를 뒤뜰로 데리고 가 공부보다는 엄마가 더 중요하다고 진지하게 이야기했어요 엄마는 벌써 우리가 골라 준 새틴 슬립을 입고 잠이 들었어요 엄마에겐 우리가 필요해요 우리는 엄마에게 잘해 줄 거예요

가족 그림

●

아이들은 낟알의 깃을 떼어 낸 밥을 먹고 얼굴이 환하게 빛났다

아빠는 당근색의 스웨터를 입고 있었는데 머리에서 푸른 싹이 돋았다

엄마는 달걀을 세상에서 가장 얇고 넓게 부친 다음 레이스를 달았다

벽을 타고 올라가 천장에서 익은 복숭아가 물컹물컹 향기를 쏟았다

아이들이 의자와 의자를 서로 멀어지기 전에 바짝 붙여 놓았다

평면에서 더는 아무도 외롭지 않았다

만약의 세계 지도*

●

만약의 세계 지도
변하는 하늘처럼
매일 변하는 땅의 모습이
만약의 세계 지도

거기에선 일기 예보를 듣는 것처럼
지도 예보 소식에 귀 기울여야 한다

아이들은 학교에서 지도를 공부하고
어른들은 집에 바퀴를 단다
세상 사람 모두가 유목민이 된다

이번 계절엔 너와 내가 사는 곳이 다가와
나란해질 것
나는 풍경에 맞춰 옷을 입고 집을 떠난다

가방 속엔 너와 내가 함께할 세상
만약의 세계 지도가 반듯하게 접혀 있다

* 다와라 마치(俵万智) 「골목 안의 고양이」(『샐러드 기념일』, 신현정 옮김, 새움, 2005) 중 '만약의 세계 지도'라는 단어에서 착안함.

코코아

●

너는 지금 코코아 한 잔을 바라보고 있어

'꿀꿀하다'라는 말은 '달다'라는 뜻을 숨기고 있는데
꿀꿀한 날은 마치 솜사탕이 묻어 자꾸만 빠는 손가락
처럼
모든 것들이 진득하게 들러붙는 이상한 날이야

네 안에는 어두운 색의 코코아가 천천히 돌아가고 있어
이 잔의 카카오며 설탕, 탈지분유는
몸에 썩 좋지 않은 나쁜 것들이야

거대한 스푼의 끝이 잔의 바닥에 닿으며
껵껵 자꾸만 소리를 내고
코코아는 커다란 동심원의 홀을 그리며
컵 아래로 빨려 가는 듯 내려가지만, 어디로도 빠져나가
지 않았어

가장 아래쪽에는

결코 녹지 않는 파우더가 있어
그것은 마지막 한 모금을 비우고 나서
아무리 혀를 내밀어도 닿지 않는 먼 거리에 있어

결국 너는 그 많은 코코아를 천천히 다 마시고는
눈물이 달다는 것을 깨달으며 잠이 들 거야

하늘엔 반짝반짝 네가 찍어 붙인 눈물들이
밤새 단내를 풍기고 있을 거야

홀로그램 비둘기

●

너는 비둘기 포비아가 있지
비 오는 날 하수구 옆에서 불어 가던 거대 와플
나는 까만 국물을 흘리며 풀어지는 와플을 쪼아 먹었어

S,
그래도 내겐 아름다운 목덜미가 있는걸
너의 베개 한편에 비둘기 둥지를 지어 줄게
네가 자는 모습을 바라봐도 될까?

오늘의 부리는 조금 신경질적이야
오늘의 콘크리트는 조금 더 퉁명스러워
식구들의 부리는 닳고 닳아 콧구멍 앞까지 왔네

S,
혼자 밥을 먹는 점심시간도
공을 받아 줄 사람이 없는 체육 시간도
끔찍하게 끔찍해서
마스크를 썼지만

모두 내 부리를 알아챈 걸까
부리 대신 한 번만 아름다운 목덜미를 봐 주었으면

너는 비둘기를 싫어하지만
우리 엄마는 어제도 빌딩의 배관에 새끼를 깠어
회녹색 깃에 낀 검은 기름때는
도시의 가난처럼 지울 수 없는 거래

S,
너의 베개 한편에 둥지를 허락한다면─

나는 너의 꿈에
내 목덜미의 홀로그램을 흘려 줄게
비루함과 반짝거림이
자주와 청록의 오로라로 휘어지는 홀로그램 극장

백야의 호수 위를 지나는 구름의 몽상과
도시를 떠나 숲으로 잦아드는 새 떼의 이야기를 상영

할게

잠이 깨면
등굣길 정류장에서
내 손을 잡아 줘

판타스틱 홀로그램 오로라 극장
너는 내 목덜미를 끌어안고서야
아침의 첫 숨을 뱉을 거야
그 숨은 내 작은 귓구멍 위에서 흘러넘쳐
우리의 발등을 적실 거야

* 포비아(phobia): 공포증.

배수연

어린 시절 노마F네 부모님은 자주 다퉜다
엄마 아빠가 싸우는 날 밤이면
건넌방 이불 안에 또르르 말린 노마F가
하느님께 기도문을 외우고 또 외웠다
친구를 데려온 그 밤도 안방에서는 큰 소리가 들렸다
불안한 창밖으로 달은 삐딱하게 걸려 있고
별들이 떠든 사람 이름을 적고 있었다

1984년 제주 출생.
이화여자대학교 서양화과 및 철학과 졸업.
2013년 『시인수첩』 신인상에 시 「북해」 등이 당선되어 등단.
서울 신남중학교 미술 교사로 재직 중.

이
삼
남

짝사랑

●

교문 앞을 서성이다
막상
눈앞에 나타나면 또

딸꾹, 딸꾹
저기ー저, 있잖아, 그, 호ー혹시……

딸꾹거리다
더듬대다
눈만 껌뻑이다
손톱만 쥐어뜯다
온 길, 갈 길
모두 잃어버리고 만다

닿을 듯 말 듯
나의 말은
무뚝뚝한 얼굴로
뚱딴지같은 표정으로

시도 때도 없는
변죽만 울리다
돌아서곤 한다

이런 나를
실없다 하겠지
너 없는 곳에서만
널 좋아할 수 있는
가여운 내 짝사랑을

조화

●

기찬이의 명석한 두뇌
철우의 감각적 운동 신경
그리고 나의 천부적 유머 감각

철우의 명석한
벼락치기 시험공부 집중력
기찬이의 천부적
두뇌가 만들어 낸 화려한 연애담
그리고 나의 감각적
분석력이 돋보이는 온라인 게임 시합

카톡방에서의 연애 상담도
수학 문제집 풀이도
길거리농구도
무엇이든
함께
하지 않으면 안 되는, 우린

절묘하게 조화로운 친구들

동행

●

기러기 난다
바람에 맞서려고
시옷 자 편대로 난다

우리들은
무엇에 맞서기 위해
시옷 자처럼
피라미드처럼
날지는 못하고, 기어오르나

기러기처럼 누군가의
앞에 서서
아픔에 맞서지는 못한 채
뒤에 서서
고통을 나눌 다음 차례를
기다리지도 않은 채
무작정 기어오르기만 하나

기러기처럼 가끔은
내 삶을 벗어나
누군가의 뒤처진 시간을 위해
함께 기다려 주고
함께 고통을 나누다
다시 삶으로 돌아올 수는 없는 걸까

맑은 하늘
기러기 시옷 자로 난다

단풍나무의 말

●

물드는 건 실은
아름다움보다는 치열함

엽록소에 가려져 있던
크산토필, 카로티노이드, 안토시아닌이
맹렬히 얼굴을 내미는 일

화살나무처럼 붉게
은행나무처럼 노랗게
참나무처럼 갈색으로
물들기 위해선

그만 멈춰 서야 하지

생장을 멈추고
길을 끊고

나를 바라보아야 하지

새 움으로 돋아날
그날을 위해
끊긴 길 위에서도
핏줄처럼 뻗어 나가

절정까지 타올라야지

교실

●

꽃망울이다
청춘의
닫히지 않은 성장판이다

꽃의 속살은
움츠린 시간처럼
고요히
제각각
자라나고 있다

빅뱅 이전의 숨죽인 우주다

[시작 메모]
이삼남

청춘은 아름답지만 한편으론 가녀린 풀꽃처럼 불안하고 위태로워 보이기도 한다. 교사로서 아이들과 만나면서 교실 밖의 거대한 세상에서 제대로 살아가려면 '주변'으로 밀려나지 않고 '중심'에 이르기 위한 꿋꿋함이 필요하다고 말하곤 했다. 그러나 이즈음에 다시 생각해 보면 주변과 어우러지지 않는 삶만으로 중심에 이른다 한들 과연 그것이 행복한 삶일까 하는 의문이 든다. 주변과 조화를 이루고, 가끔은 멈춰 서서 더욱더 단단해지기 위한 자기 성찰의 시간을 가지는 것이 어쩌면 중심에 이르는 지름길인 것도 같다. 태풍의 눈처럼 고요한 중심에 이르는.

1971년 전라남도 해남 출생.
세종대학교 국어국문학과 및 같은 대학원 석사 과정 졸업.
1999년 『창조문학』 여름호에 시 「꿈」, 「소나기」 등을 발표하며 등단.
시집 『빗물 머금은 잎사귀를 위하여』, 『침묵의 말』, 함께 엮은 책 『국어 교과서 작품 읽기: 고등 시』 등을 펴냄.
광주 고려고등학교 교사로 재직 중.

이
정
록

콩밭학교

●

콩밭학교 교훈은
"꼬투리 잡히지 말자."

콩밭학교 식단표는
"콩 한 쪽도 나눠 먹자."

콩밭학교 창체 활동은
"팥으로 메주 쑤자."

콩밭학교 연애 실습은
"콩깍지 씌우자."

콩밭학교 용모 단정은
"튀자."

콩밭학교 수업 시간은
"콩 까지 말자."

콩밭학교 인사는

"뛰쳐나가 출세하자."

삐딱함에 대하여

●

지구본을 선물받았다.
아무리 골라도 삐딱한 것밖에 없더라.
난 아버지의 싱거운 농담이 좋다.
지구가 본래 삐딱해서 네가 삐딱한 거야.
삐딱한 데다 균형을 맞추려니
넘어지고 미끄러지고 그러는 거야.
그래서 아버지는 맨날 술 드시고요?
삐딱하니 짝다리로 피워야 담배 맛도 제대로지.
끊어 짜슥아! 아버지랑 나누는 삐딱한 얘기가 좋다.
참외밭 참외도 살구나무 살구도
처음엔 삐딱하게 열매 맺지.
아버지 얘기는 여기서부터 설교다.
소주병이랑 술잔도 삐딱하게 만나고
가마솥 누룽지를 긁는 놋숟가락도 반달처럼 삐딱하게
닳지.
그러니까 말이다. 네가 삐딱한 것도 좋은 열매란 증거야.
설교도 간혹 귀에 쏙쏙 박힐 때가 있다.
이놈의 땅덩어리와 나란히 걸어가려면 삐딱해야지.

난 아버지의 주름살 윙크가 좋다.
끊어 짜슥아! 구두 뒤축처럼
내 말 삐딱하니 듣지 말고.

새

●

강폭이란 것,
수심이란 것,
강바닥이란 것,

무자비로 찢긴 가슴이지.

아름다움은,
그 상처 속을 나는 거야.

업데이트

●

오늘은 처음으로 그 애한테 문자가 왔어.
오늘은 처음으로 햄버거 세트를 먹었어.
오늘은 처음으로 손을 잡고 영화관에 갔어.
오늘은 처음으로 어깨동무하고 사진을 찍었어.
오늘은 처음으로 그 애 친구들과 놀이공원에 갔어.
오늘은 잔돈까지 털어서 인형과 머리핀을 샀어.
오늘은 처음으로 손등에 뽀뽀를 했어.
나는 슬금슬금 허리도 잡고 입술도 바라보지.
그러고 보니 일주일이 됐네.
이제 데이트만 하고
업데이트는 그만해야 할까 봐.
데이트를 할 때마다
자꾸 나쁜 놈이 돼 가는 것 같아.
엉큼한 쪽으로 업데이트가 돼.
데이트만 해야 할 텐데,
머릿속은 벌써 용량 초과야.

오늘은 조금

●

철봉대 옆 저 포플러나무
한순간에 잎이 핀 게 아니다
바람 부는 날에 조금 눈이 텄고
따사로운 날에 많이 푸르러졌다

울타리 너머 과수원 사과나무 꽃
하루아침에 만발한 게 아니다
흐린 날엔 작은 입술 두엇 내밀었고
햇살 눈부신 엊그제 함박웃음 지었다

꽃이 질 때에도 마찬가지이리
잎이 질 때에도 마찬가지이리
하늘 맑은 날엔 몇 잎 떨구리라
비바람 거센 밤에 왕창 흩날리리라

오늘은 조금 더 울어 버린 날
오늘은 조금 더 꽃과 잎이 진 날

어느 날 나도 저 포플러나무처럼
구름 가까이에 둥지를 품으리라
한겨울 작은 모닥불이라도 지펴
몽글몽글 사과꽃 피워 올리리라

오늘은 오래 고개 숙이고 있던 날
어깨가 조금 흔들린 까닭은
풋사과의 손목에 힘을 건네려던 것

오늘은 한꺼번에 다 울지는 않은 날
겨울나무의 휘파람 소리를 흉내 내어 본 날
오늘은 조금, 뿌리를 들썩여
내 삶의 바닥을 짚어 본 날

이정록

마른 강을 굽어본다. 강 건너 포플러나무 이파리가 반짝거린다.
강둑에 누워 두어 시간 바라보지만 저 간절한 수화를 알아들을 수
가 없다. 구름의 말도, 새의 울음소리도 받아 적을 수가 없다. 다만
저 강의 너비와 깊이를 만든 게 무자비한 홍수였음을 추측할 뿐이
다. 흙탕물이 덮쳤던 강바닥으로 흰 새가 난다. 울음이 노래가 된
걸 보니 둥우리에 알을 품었던 어미 새이리라. 강에 앉아 그간 웃
고 울었던 젊은 새들을 떠올린다. 질풍노도란, 몹시 빠른 바람과
무섭게 몰아치는 물결이라는 뜻이다. 내 스스로 바람 세찬 산마루
에 오르거나 성난 물결을 뚫고 노를 저어 나간다면, 그건 젊음을
정면 통과하는 것이다. 가슴에 바오밥나무의 씨앗을 품고 바다를
건너고 있는 것이다. 한 나무의 가장 먼 과거는 씨앗이다. 가장 낮
은 꼭짓점, 또한 씨앗이다. 강바닥이 깊을수록 커다란 홍수를 이겨
낸 증거다. 삶의 가장 낮은 꼭짓점에 청춘이 있다. 툭 차고 올라 새
의 날갯짓이 되자. 포플러나무의 푸른 춤이 되자.

1964년 충청남도 홍성 출생.
공주사범대학 한문교육과 졸업.
1993년 『동아일보』 신춘문예에 시 「혈거시대」가 당선되며 등단.
시집 『벌레의 집은 아늑하다』, 『풋사과의 주름살』, 『버드나무 껍질에 세들
고 싶다』, 『제비꽃 여인숙』, 『의자』, 『정말』, 『어머니학교』, 『아버지학교』, 동
시집 『콧구멍만 바쁘다』, 『저 많이 컸죠』, 산문집 『시인의 서랍』 등을 펴냄.
천안중앙고등학교 교사로 재직 중.

분홍 맑은 틴트

●

입술에 톡, 떨어트리지
순식간에 번져 가는 분홍

분홍은 사라질 듯 아름다운 색

고양이의 말랑한 발바닥과
아기 노루의 촉촉한 콧잔등과
부끄러워 따듯하게 번져 가는 두 볼과
벚꽃, 벚꽃!

꽃잎으로 입술을 닦으니
분홍은 물들고
분홍은 퍼져 나가

분홍 입술로 분홍 휘파람을 불면
달콤하게 물드는 바람

오늘은 전화를 걸어 봐야지

따스하고 맑은 너에게

네가 나의 유일한 분홍이듯이
우리가 서로에게 스며드는 빛깔이듯이

옆모습

●

너를 좋아해서
너를 피해 다닌다

내가 겨우 바라보는 건
너의 옆모습

마음은 곁눈질에서 시작되나 봐

반달의 가려진 반쪽을 바라보듯
너의 나머지 표정을 상상해

쳐다봐 줬으면 하다가도
눈 마주치면 화들짝
고개를 돌리지

공책 귀퉁이에 그렸다가 얼른 지우는
너의 옆모습

검은방

●

문을 잠그고 웅크려 앉았지
마음속에서 검은 생각들이 흘러나와
방을 가득 채웠어
닫힌 문 틈으로 새어 나오는

저, 불빛

벗어나고 싶은 문 뒤의 세계
아침마다 나를 깨우러 오는 세계

방문을 꼭 닫고 홀로 앉은 오늘은
내가 나를 걸어 잠근 날

나의 현악기

머리카락은 나의 현악기
외로울 때 고개를 숙이면
처음 듣는 음악들이 흘러나온다

나의 우울과 나의 슬픔으로
계속해서 연주되는 음악

가만히 빗어 내리면
조율되지 않은 머리카락들이
불협화음으로 엉켜든다

마음이 복잡한 날
머리카락 사이로 얼굴을 숨기면
검고 긴 음악이 쏟아져 내리지

어두운 밤을 조용히 채우는
나의 우울한 연주법

96

무릎 위로 길게 흘러내리는 머리카락은
몰래 연주하는 나만의 현악기

그때 나는 꽃 속에 숨은 파랑이었다

●

내가 말하려 할 때마다
창문 너머로 푸른 패랭이꽃 피어났어

나만 혼자 파란 꽃
서늘한 마음을 품고 돋아난 꽃

고개를 파묻고 책상에 엎드리면
나만 혼자 작은 섬
마음이 표류 중인 무인도

알록달록 따듯한 꽃들 가득한 교실에서
홀로 밉게 피어난 파란 꽃

마음에 쉴 새 없이 밀어닥치는
파도처럼 차가운 눈빛들

이혜미

사람의 마음은 귀금속, 그중에서도 은(銀)이다.

잘 녹아들고 쉽게 아름다워지며 빛을 받으면 반짝이는 금속.
그러나 금이나 다이아몬드처럼 단단하고 영원한 것이 아니라,
조금만 방치해도 금세 빛이 바래고 마는 금속.
독이 묻으면 곧바로 검게 물드는 것이 바로
마음이라는 은(銀)이다.

만지고, 닦고, 계속 가지고 있어야만 마음은 계속 빛난다.
몸은 마음에 예의를 지켜 빛바랠 때까지 방치하지 말아야 한다.
그 변하기 쉬운 마음을 닦아 주는 가장 부드러운 천이
바로 시(詩)가 아닐까.

1988년 경기도 안양 출생.
건국대학교 국어국문학과 및 고려대학교 대학원 국어국문학과 석사 과
정 졸업.
2006년 중앙신인문학상에 당선되어 등단.
시집『보라의 바깥』을 펴냄.
고양예술고등학교 문예창작학과 실기 교사로 재직 중.

조
향
미

부엉이

●

내가 부엉이를 좋아하거든
밤에 눈이 요래 말개 가지고 밤이면 밤마다
얼매나 공부를 열심히 하겠노 싶은 거야
내는 꼭 부엉이가 공부하는 것 같애

밀양 부북면 위양리 127번 송전탑 마을 덕촌 할매
고향 땅 지켜 달라는 시아버지 생전의 당부에
아버님예, 제가 맡을게예
아버님 일가 온 논밭 잘 지켜서
자손들한테 물려주고 갈게예
망설임 없이 대답한 말 어길 수 없어서
체중 34㎏ 골다공증 굽은 몸으로
산 오르고 나무 부여잡으며 보낸 십 년
구덩이 파고 목줄까지 묶으며 싸운 할매는
말이 곧 사람임을 믿었다

온 국민 빠짐없이 행복하게 해 주겠노라
새 대통령 기자 회견 첫 약속

자슥은 부모한테 거짓말해도
부모가 자슥한테 거짓말은 안 하재
대통령이면 임금이고 부모 아이가
그러나 단물 빠진 껌 같은 권력자의 말
할매는 믿던 도끼에게보다 독하게 찍혔다
칠십육만오천 볼트 송전탑으로 둘러싸인 동네
이제 자식들 제사 지내러 오기도 꺼리는 고향이 되었다

내가 글 많이 못 배운 거 그기 천추의 한이지
글로 이 속내를 모다 써 뿔면 얼마나 좋겠노
글을 배웠으면 어디든 나서서
지금 이런 꼴을 세상에 알렸을 긴데
그래 나는 밤새워 공부하는 부엉이가 부럽다

방방곡곡 학교에서 학원에서
밤새워 공부하는 부엉이들아
너희는 왜 공부하니
무얼 위해 공부하니

팔딱팔딱 와글와글

●

오뉴월 후덥지근한 선풍기 바람마냥
한결같은 풍속으로 변치 않는 간격으로
완고하고 지루하게 맴도는 학교
꾸벅꾸벅 나른한 교실은 여관이 따로 없다
학원에 컴퓨터에 스마트폰
잠들지 않는 밤의 나라 아이들은
대낮엔 틈만 나면 엎드려 잔다
그런데 매시간 지치지 않고 튀는 놈들도 있다
밤에 잘 자고 낮에 잘 노는 녀석들이다
싱글벙글 낙천가 은빈이
정열파 불꽃 소녀 휘경이
애교 만점 귀염둥이 지숙이
부모들 선생들 입만 열면 겁주지만
까짓것, 인생이 성적표에 다 담기나
한여름 밤 목청 터져라
제 생명 주장하는 개구리마냥
팔딱팔딱한 생기 누를 수 없다
한 시간 내내 초롱초롱 놀다가

쌤, 공부 너무 많이 해서 머리에 열이 나요
맞다, 우리가 열을 내서 날씨가 이래 더운갑다
그래요, 지구를 생각해서도 오늘은 그만해요
그 녀석들 통통거리며 펌프질해 대면
시들새들 잦아들던 교실은
봇물 튼 무논처럼 와글와글 깨어난다

우리 반

●

쎔, 저는 3학년 때 산업 학교 가서 기술 배울 겁니다
2학년 초 면담할 때 덩치 우람한 기훈이
느긋하게 웃으며 말했다
성적 때문에 다들 쫄아 있는 인문계 고등학교
기훈이는 늘 싱글벙글 여유 만만이다
애들 공부하는 데 방해는 안 할게요
좌석 바꿀 때마다 맨 뒷자리를 자청하여
쓰레기통도 치우고 비질도 종종 한다
부모님은 그래도 포기하지 말고 해 보래요
효심으로 꼬박꼬박 야간 자습도 한다
물론 자습 시간은 눈치껏 노는 시간이다
모의고사 끝나고 제일 바닥권 점수를
늠름하게 적어 내고 들어가며
우리 반 일 등짜리 점수표를 들춰 본다
현우 몇 점이야?
왜, 현우 점수에 관심 있어?
예, 우리 반 일 등이잖아요
현우가 잘하면 니가 좋아?

좋지요, 우리 반이잖아요

!

기훈아, 난 네가 우리 반이라서 참 좋다

풋감

●

산 아래 마을에 여름이 지나간다
말랑말랑하던 밤송이 통통하게 굵어져
새파란 가시가 날카롭고
꽃받침에 싸여 있던 어린 감들도
탱탱하니 볼을 부풀려
다가오기만 해 봐
건드리기만 해 봐
풋것들은 서슬이 시퍼렇다

수업 시간마다 떠들거나 엎드려 자거나
수희 재연이
똑바로 앉아라 지적하면
밤송이처럼 눈빛이 뾰족해진다
이야기 좀 해 볼까 조용히 불러도
풋감처럼 떫은 표정이다
책도 공책도 없이 읽기도 쓰기도 안 한다
야단쳐도 얼러도 땡땡하니 닫혀 있다
할 수 없지 아직 때가 아니다

못 본 척 모르는 척 내버려 둔다
사실은 한 번도 무심하지 못하여
이제나저제나 간절히 기다린다

가을 깊어져 시퍼런 감이 발그레 물들고
밤송이도 저절로 열려 툭툭 알밤 터질 무렵
수희의 표정이 부드러워졌다
멀리서도 고개를 꼬더니 가끔 눈 맞추고 대답한다
재연이도 모둠 활동 땐 안 잔다 한 줄 글도 써낸다
그래 올해는 이만하면 됐지 그만하면 고맙지
풋것들 곁에서 안달하지 않기
햇볕에 비바람에 맡겨 두기
사람의 가르침이 하늘을 앞서랴
기다림만 한 교육도 없다

기적

●

햇살 좋은 창가
통통한 고구마 하나 물그릇에 담갔다
고구마는 밋밋한 온몸이 씨눈이었던지
여기저기 빨긋한 싹이 돋아
며칠 새 푸른 넝쿨 넘실넘실 피어오른다
누가 자아내실까 이 무성한 넝쿨을
저 둥글 길쭉한 탄수화물 덩어리
혼자서 이런 엄청난 조화를 부릴 리야
햇빛과 물과 공기의 부조도 있겠지만
그들은 또 어디로부터 솟아났을까

나무들은 한자리서 꼼짝 않고도
싹 틔우고 꽃 피우고 열매 맺는다
아무 데도 작동 버튼 안 보이는데
개미도 강아지도 사람도
밥 먹고 똥 싸고 잠자고 새끼 낳는다
냄새 맡고 소리 듣고 울고 웃는다
무엇으로 이 만법이 돌아가는지

놀랍고 신비한 일

우주선보다 컴퓨터보다 복제 양보다
신기하고 경이로운 일은
점심시간 축구공처럼 운동장에서 튀어 오르는
우리 학교 머슴애들이다
십몇 년 전 뒤뚱거리던 그 돌잡이 아가들
쑥쑥 자라는 고구마 넌출들이다

조향미

    웃고 노래하고 장난치는 아이들을 바라보면 절로 입가에 미소가 돈는다. 언제 어디서나 아이들은 싱그럽고 아름답다. 타고난 생명의 힘이다. 아이들을 키우고 교육시킨다는 것은 그런 생명력을 북돋우는 일일 것이다. 그러나 현대 문명과 학교 교육은 그 생명의 본성조차 왜곡하고 억누르는 경우가 많다. 무엇을 위한 공부인지, 어떤 삶을 살아야 하는지에 대한 성찰 없이 아이들을 맹목의 경쟁으로 내몰고 있다. 이런 세상에서 시는 잊어버린 생명의 본질에 대한 질문, 잃어버린 삼라만상의 경이에 대한 발견이다. 생명그 자체인 아이들. 그래서 시는 곧 아이들이기도 하다.

1961년 경상남도 거창 출생.
부산대학교 국어교육과 졸업.
1986년 무크지『전망』4호에 시「식구」등을 발표하며 등단.
시집『길보다 멀리 기다림은 뻗어 있네』, 『새의 마음』, 『그 나무가 나에게 팔을 벌렸다』, 산문집『시인의 교실』등을 펴냄.
부산 만덕고등학교 교사로 재직 중.

하
재
일

편의점 25시

●

남자가 계속해서
주인 어디 있느냐고 다그쳐 묻기에
저는 일 봐주는 아르바이트생인데,
왜 그러세요?

그랬더니

다시
계속해서 주인 어디 갔느냐고
물어보기에
아니 왜 그러시냐고요?
순간,
남자는 손에 커터 칼을 들고 있다.

무서워서,
정말 겁먹었는데

남자가 목소리를,

내
  리
    깔
      더
        니

앞에 있는 종이 상자 가져가도 돼요?

풍금 소리

●

내가 아미산 건너 용수리 금강암에서 평라리 미산초등
학교까지 십 리 길을 걸어서 학교 다닐 때 우리 담임 백동
호 선생님께서 학교 급식을 주실 때 아, 그 마르고 딱딱한
강냉이빵을 주실 때 꼭 그러셨다. 너는 집이 제일 먼 곳에
있으니 비탈길을 또 한참이나 올라가야 허니 낮에도 하늘
이 안 보이는 첩첩산중 절간까지 가야 허니, 하시면서 아
이들한테 나눠 주고 남은 마지막 강냉이빵을 내게 몽땅
남김없이 털어 주셨다.

개나리꽃이 듬성듬성 보이던 노란 강냉이빵, 달맞이꽃
처럼 함빡 웃던 강냉이빵. 그 질긴 무명 올을 뜯어 먹어 가
며 가며 냇갈을 따라 슬슬 깊은 금강 골짝을 들락거리던
나는 엄마도 아버지도 없었기에 실개천 가재와 놀고 햇볕
쬐러 나온 자라와 말하고 물수제비나 뜨다 어미 닭 잃은
병아리처럼 흰 구름 몇 번 올려다보곤 했는데.

세월이 아무리 가도 그놈의 백동호 선생님의 함자는 여
직까지 지워지지 않았으니 징그럽다, 견딜 수 없이 배고팠

던 추억이 정말 징그럽다. 선생님의 눈썹이며 콧날이며 눈매는 전혀 생각이 안 나고 다 지워져 백지처럼 어두운데, 그놈의 딱딱하고 질겼던 강냉이빵만이 기억에 남아 오월 느티나무에 피는 여린 잎으로 푸르게 돋아난다. 아무래도 보령 댐 물속에 잠겨 수몰된 백동호 선생님의 낡은 풍금 소리나 들으러 가야겠다. 미산초등학교 마당에 누치나 꺽지로 환생해 맘껏 가 보고 싶은 밤이다.

아, 산그늘 아래 해마다 찔레꽃 덤불로 살아오는 풍금 소리. 눈이 부신 오월이면 쟁쟁하게 귀에 밟히는 소리, 하얀 달빛 입은 강물이다.

* 냇갈: '내'의 사투리. 개천.

점자(點字) 동백

●

아직 꽃망울조차 크게 부풀지 않았지만
현관 입구 점자 안내판 바로 옆,
이끼 돋은 화분에 동백나무 한 그루.
눈 어둔 경비 아저씨로 문 앞에 서 있다.

나는 조용히 점자를 더듬어 어둠에 싸인
꽃망울 안으로 들어가 무슨 뜻인지 읽어 보고 싶다.
점자 한 자 한 자가 동백의 꽃눈인 것은
내가 슬며시 눈을 감고 점자를 만져 보니,
내 눈 속에 있던 어둠이 환해지는 까닭이다.

현 위치에서 유도 동선을 따라 들어오세요.
반가운 얼굴이 기다리고 있습니다.
아직 눈 뜨지 않은 동백꽃 망울 속으로
햇살이 그새 문을 열고 뛰어 들어간다.

점자가 손을 내밀어 빛을 내줬기 때문이다.

중독

●

네 모든 것을 이유 없이 손에 넣고 싶기에
나는 네 몸에 맞는 옷을 매일 고르고 있어

네게서 떨어지는 톡, 소리가 잠을 깨우기에
네게서 자라는 풀과 나무를 제일 좋아하게 됐어

늦은 밤에도 꼭두새벽에도 별을 생각하다가도
네가 잠들면 언제나 나는 캄캄한 어둠이 되었어

네가 없으면 손발이 저리고 가슴이 떨려서
나는 너의 그림자를 머리맡에 두고 살기로 했어

너는 언제나 안개처럼 스며드는 새벽이라서
나는 네 눈동자를 보며 말을 걸고 웃기로 했어

발톱

●

수줍은 상추는 솜털을 살짝 눌러 주기만 하면
웃자란 발톱이 얼굴을 내밀어요

그늘진 안쪽에 빨갛게 상추의 실핏줄도 보일 거예요
그 핏줄은 건들지 말고
앞쪽 날카로운 부분만 잘라 주면 돼요

상추가 아프다고 마구 발버둥 치면 위험하니까
상추 귀에 가까이 입김을 불어 넣으면서
야들야들한 상추 발목을 잡아 발톱을 깎아 주세요

발톱을 깎고 나서 상추가 도망갈 수도 있는데
상추를 일부러 쫓아다니면서 잡으려 하지 말고
상추가 좋아하는 애들 장난감만 그냥 흔들어 주면

상추가 신이 나서
눈이 큰 고양이처럼 자꾸만 앞발을 던질 거예요

하재일

　당신은 꽃이고 나는 잎사귀입니다. 당신은 여럿이고 나는 혼자
입니다. 당신은 한낮에 꽃잎을 피우지만 나는 늦가을에야 나뭇잎
으로 시듭니다.

　당신은 자랑거리가 많지만 나는 침묵을 지키며 조용히 살아갑니
다. 당신은 하얀 눈을 가졌고 나는 푸른 귀를 가졌습니다. 당신은
떠나면 아예 소식이 없지만 나는 당신 곁을 평생 기웃거립니다.

　당신은 바다로 가는 길목에 서 있고 나는 여전히 창가에서 서성
거립니다. 당신은 떠나가는 구름이고, 나는 뜰 앞의 석류나무입니
다. 당, 당신은 누구십니까?

　　1962년 충청남도 태안 출생.
　　공주사범대학 국어교육과 졸업.
　　1984년 『불교사상』 만해시인상 공모에 당선되어 등단.
　　시집 『아름다운 그늘』, 『선운사 골짜기 박봉진 처사네 농막에 머물면서』,
　　『달팽이가 기어간 자리는 왜 은빛으로 빛날까』, 『타타르의 칼』 등을 펴냄.
　　고양 중산고등학교 교사로 재직 중.

'창비청소년시선'을 시작하며

청소년들은 주로 어떤 시를 읽을까? 대부분의 청소년들은
교과서와 참고서에 나오는 시를 읽을 것이다. 교과서와 참고
서에는 물론 엄선된 좋은 시가 실리지만, 과연 얼마나 설레는
마음으로 읽고 가슴에 다가오는 감동과 재미를 얻을 것인가?

교과서와 참고서 밖으로 눈을 돌리면 어떤 시가 있나? 일찍
이 『얄개전』, 『쌍무지개 뜨는 언덕』 같은 청소년소설이 인기
를 끌었고, 지금도 '청소년문학' 하면 『완득이』 같은 소설이
먼저 떠오를 뿐 청소년시의 자리는 휑하기만 하다. 어린이와
어른 사이의 점이지대에서 질풍노도의 시절을 보내는 청소
년기에 걸맞은 문학으로 청소년소설이 있어야 한다면, 마찬
가지로 청소년시가 있어야 하지 않을까? 박성우의 『난 빨강』
을 비롯해서 청소년의 일상 경험과 정서를 다루며 청소년의

감수성에 호소하는 몇몇 시집이 청소년시의 가능성을 열어놓았지만 아직 청소년시의 자리는 제대로 마련되지 못했다.

이에 '창비청소년시선'은 청소년과 시, 시와 청소년이 만나는 청소년시의 자리를 본격적으로 마련해 보고자 한다. 청소년이 공감하며 다가갈 수 있는 시, 청소년에게 마음을 열어 다가가는 시, 무엇보다도 청소년이 껴안고 뒹굴며 함께 놀고 친구가 될 수 있는 시가 주렁주렁 열리는 나무를 한 그루 한 그루 심으려 한다. 열세 살 시기에는 열세 살의 풋풋한 숨결과 노래가 있고 열일곱 시기에는 열일곱 살의 고뇌와 신명이 있지 않겠나. 물론 나이에 관계없이 감상할 수 있는 좋은 시가 많지만, 청소년의 자아에 더 스며들어 폭발하는 시가 있고 그런 시가 쓰일 수 있다.

청소년시는 일차적으로 성장기 청소년의 삶의 갈피에서 길어 올린 생각과 느낌을 청소년의 목소리로 노래하는 시라는 장르적 성격을 갖는다. '창비청소년시선'은 그러한 시를 중심에 놓되 청소년기에 읽어 더 넓은 세계를 경험하고 정신이 고양될 수 있는 시, 청소년에게 말을 걸며 대화하는 시, 청소년의 마음속에서 들려오는 목소리에 귀를 기울이는 시 들을 두루 수용하고자 한다.

'창비청소년시선'의 첫 두 권은 각기 열 명의 시인에게 다섯 편씩 신작시를 청탁해 10인 신작시집으로 엮었다. 오랫동

안 청소년들과 부대끼며 희로애락을 함께해 온, 학교 현장에 있는 시인들을 초대함은 물론 이미 뛰어난 청소년시를 발표해 주목받은 시인, 청소년기를 통과한 지 얼마 지나지 않은 2000년대 이후 등단한 새뜻한 시인들까지 초청하여 다채롭게 구성하였다.

교실에서 만난 학생들의 소소한 소란 같은 청소년의 일상에서부터 시인 자신이 겪었던 잊을 수 없는 청소년기의 경험, 청소년과 나누고 싶은 예리한 생의 감각까지 풍요로운 시의 향연이 펼쳐졌다. 스무 명의 시인이 스무 가지 빛깔의 노래를 들려주는 만큼 이 시집을 여는 청소년들은 시의 성찬을 한껏 누릴 수 있을 것이다. 자기 또래의 일상 경험과 정서가 반영되어 쉽게 읽히는 시도 있지만, 내밀한 세계를 독특한 어법으로 파고든 까닭에 더듬더듬 음미해야만 하는 시도 마주할 것이다. 어느 편이든 청소년과 호흡을 함께 나누려는 그 지점에서는 한 방향을 바라보고 있다.

구두 밑에 의자를 달 궁리를 한다

얌전히
앉아만 있는 의자는
내 취향이 아니니까

의자를 신고 말굽처럼 따가닥따가닥
소리를 내며 달려 보고 싶다

의자는 말하자면
내
키높이 구두

이 구두를 신으면 공기 맛이 달라지지
산에 오른 것처럼 가슴이 확 트이지
　　　　　　—손택수, 「의자를 신고 달리는 아이」 부분

　그렇다. 얌전히 의자에 앉아만 있지 말자. 의자를 신고, 네
말굽으로 따가닥따가닥, 소리 내며 달리면 공기 맛이 달라지
고 가슴이 탁 트인다. 비록 의자를 벗어던지지는 않았지만 옥
죄는 현실을 뒤흔들어 새로운 공기로 바꾸어 내는 상상력에
선 청소년과 시인이 서로 내통한다.
　1권의 제목 '의자를 신고 달리는'은 손택수 시인의 시에서,
2권의 제목 '처음엔 삐딱하게'는 이정록 시인의 시에서 따왔
다. 청소년시는 청소년을 향해 내미는 시인들의 손짓이지만,
청소년의 읽을거리로만 국한되지 않는다. 미래와 성장과 출
세라는 굳어진 시선 속에 자녀들을 가두고 스스로도 갇혀 있
는 어른들에게도 함께 읽고 느껴야 할 수신서(修身書)가 되지

않을까.

　박준 시인은 "한 사람의 마음에 가닿았을 때 시는 그 어떤 것보다 큰 힘이 될 수 있다. 또한 시는 슬픔과 고통에 빠진 이들을 기쁘게 하지는 못하지만 그들 곁에 주저앉아 오래도록 함께 울어 줄 수는 있다."('시작 메모')라고 했다. 여기 실린 시 한 편 한 편이 청소년 독자의 마음에 온기로 가닿고, 청소년들 곁에 오래도록 머물며 함께 울어 줄 수 있기를 바란다.

2015년 5월
엮은이 씀

창비청소년시선 02

처음엔 삐딱하게

초판 1쇄 발행 • 2015년 5월 22일
초판 5쇄 발행 • 2022년 12월 19일

지은이 • 김남극 김성장 남호섭 박성우 배수연 이삼남 이정록 이혜미 조향미 하재일
엮은이 • 김이구 박종호 오연경
펴낸이 • 강일우
책임편집 • 정편집실 서영희
펴낸곳 • (주)창비교육
등록 • 2014년 6월 20일 제2014-000183호
주소 • 04004 서울특별시 마포구 월드컵로12길 7
전화 • 1833-7247
팩스 • 영업 070-4838-4938 / 편집 02-6949-0953
홈페이지 • www.changbiedu.com
전자우편 • textbook@changbi.com

ⓒ 김남극 김성장 남호섭 박성우 배수연 이삼남 이정록 이혜미 조향미 하재일 2015
ISBN 979-11-86367-07-0 44810